KB120822

내 입술 속 분홍으로 들어와

장정자 **시집** 내 입술 속 분홍으로 들어와

1판 1쇄 펴낸날 2014년 5월 31일
지은이 장정자
펴낸이 채상우
디자인 정선형
펴낸곳 (주)천년의시작
등록번호 제301-2012-033호
등록일자 2006년 1월 10일
주소 100-380 서울시 중구 동호로27길 30, 413호(묵정동, 대학문화원)
전화 02-723-8668
팩스 02-723-8630
홈페이지 www.poempoem.com
이메일 poemsijak@hanmail.net

ⓒ장정자, 2014, printed in Seoul, Korea

ISBN 978-89-6021-207-7 03810

값 12,000원

*후원 서울특별시 | 서울문화재단

내 입술 속 분홍으로 들어와

장정자

천년의 시작

시인의 말

사람의 마음 하나 어쩌지 못하는 마른 강도 있을 것이다
—시 「왼손잡이」 중에서

차례

시인의 말

제1부

박태기꽃

박태기꽃 속에는 햇빛들이 쫑알쫑알 전생처럼 모여 있다

부뚜막 얼쩡거리는 강아지 꼬랑지 걷어차는 내가 있다

입이 댓 발 빠진 며느리가 궁시렁궁시렁 들어 있다

박태기꽃 속에는 하루 종일 입이 궁금한 시어머니가 있다

수수꽃다리 하얀 별꽃이 얼핏 숨었다 보였다 한다

처녀꽃

저녁이면 입을 꼭 다무는 처녀꽃

처녀가 아니어도 입을 꼭 다무는 처녀꽃

입을 다물어도 번지는 보랏빛 입

입을 꼭 다물어도 뽀송뽀송한 입술이면

처녀꽃. 벌써

벌이 붕붕거린다

자귀나무

— 금강선원

    오늘 당신의 꿈은 황제나비가 날아가는 북미 쪽에 가깝다. 홍천강변 폐교 한 켠 자귀나무 위 검은 나비 수백 마리 붙어 있다 몽유처럼 치르는 이 숨 가쁜 제의, 꼬리 긴 검은 예복은 죽은 꽃에 대한 예의다 까맣게 바라춤을 추고 있는 저 나비들의 고요한 조문, 나무들은 저 검은 어둠 들이마셔 잎을 모아 빛을 낳는다 분홍 속눈썹 키우고 내 입술 속 분홍으로 들어와 눈뜬 채 잠든다 꼬리 긴 검은 나비가 날마다 물고 온 연인처럼 떨어뜨리는 우윳빛 잠, 여름밤 몽유로 당신이 자귀자귀 부르면 꿈은 황제나비 날갯짓으로 순례에 들지 뜬눈으로 보면 세상은 귀신 들리지, 저 깐깐한 검은 밀약들, 수천 개의 비손이 손바닥을 펴고 날아오른다

광대[*]

탈을 거머쥔 까맣게 갈라진 손톱

비단 치마 위에 얌전히 놓였다

치마와 저고리 사이 한 뼘 생이

살 터진 북처럼 자글자글한 뱃가죽이다

귀에 걸린 웃음, 걷어 내면

방울뱀 무늬 새겨진 모래 발자국이다

저 옷을 벗으면 산에 올라 지게 지다 두엄 만지다,

쾡과리 울면 홀러덩 뛰쳐나올 귀곡성(鬼哭聲)이 숨어 사는
몸이다,

저 쾡과리 방짜 맞고 금 간 내 맨 얼굴이다,

손톱 속 손톱이 갈라져 나오는

저것은, 자규 자규 붉게 우는 귀곡새다,

● 김영수(사진), 2007.

절 밥종 소리

절 밥종 치면 커다란 여물통 속 꾸역꾸역 몰려드는 허기다,

절 밥종 치면 몸 처져 들어앉은 죽은 부처 번쩍 눈뜨는 허기다,

절 밥종 소리 묵어 배 속 쩔은 목젓 슬쩍 쓸고 가는 파문이다,

목불에 던져 놓고 벌떡 일어나 여동밥 챙겨 먹는 생불이다,

탁발 나선 세존의 바루 속 꾸룩꾸룩 걸식 도는 허기,

저녁은 미물의 허기가 장구배미 쪽으로 더 쏠리는 저녁,

절 밥종 속에 하루 세 끼 먹는 종족과 한 끼 먹는 종족이 있다,

내 하루는 배 속에 모신 걸신들 세 끼 공양 올리는 하루,

행자가 치는 밥종 소리에 꼬박꼬박 밥 먹이며,

생생이 그 밥종 소리에 불려 가 밥 먹고 있다

저녁의 넓이

산초나무는 손톱만 한 잎만 깨물어 봐도 산초나무

층층나무는 층층이 다락방이다

자작나무 벗겨진 흰 껍질에서 연서의 슬픈 연대기를 읽
는다

당단풍은 우듬지에서부터 빨간 알몸을 입는다

올챙이는 태어나면서 꼬리 흔드는 법을 안다

졸고 있는 들고양이 눈 속 검은 수직의 빗금에 정글이 꿈
틀거린다

어떤 다년초는 몸통에 큰 잎을 배고는 서서히 아래 잎을
말려 죽인다

연갈색 거미 등에 사자 얼굴 문양이 짙게 새겨져 있다

뚜깔나무는 모서리가 선 오각형 통 속에서 소리를 익히고

있다

　까치수염은 백 년 묵은 흰 꼬리를 아홉 개같이 흔들고
있다

　멧비둘기 한 마리 흐드러진 개망초 흘낏 넘보고 간다

흰 돌산

산비알을 빠져나온 바위도 흰빛이다 나무뿌리 사이 누름
적 같은 누르스름한 돌도 흰빛이다 오솔길 하얗게 코끼리
떼가 지나간 흔적이다 어제는 저 눈부심을 거두어 목걸이
반지 팔찌를 가졌다 지난 태풍에 수십 년생 아까시나무 뿌
리째 뽑혀 드러난 흰 돌, 여기 어디쯤 옆구리 뼈 앙상하게
드러낸 채 묻혔던 코끼리 왕국이 세워졌을 거다 흰 돌산이
라 불러야겠다 흔적을 지우려 밟고 간 생각의 지층이 똑똑
갈라진다 결(訣)의 흰빛엔 흰 아까시꽃과 찔레꽃이 무성하
다 오늘도 흰빛 사이에서 코끼리가 사라진 곳에 귀를 낸다
수천 년 내 옆구리에 짓다가 만 타지마할 밤빛에 일어설 저
반짝이는 흰 뼈 기둥 당신이 깨어나는 새벽, 코끼리는 수천
년 뼈를 묻으러 내 옆구리를 지나갈 것이다

흑풍

　당신 골격 엑스레이 속 누란을 본다 흑풍은 콜록거리며 흉문처럼 흘러왔다 어머니 몸속 작은 벌레 소리 들린다 인간 몸속에 사는 벌레의 숨소리는 오카리나처럼 차갑게 맑다 바람은 봄 정기세일같이 빠르게 지나가거나 거미줄처럼 부착형이다 중독성 강한 일회성이다 어머니 자연사를 부축인 바람, 마디마디 치밀하게 조직적이다 해체할 건물에 폭약을 묻어 터트리듯 어머니 몸속 폭약들도 한 번에 무너진다 방풍림이 결정 나자 해송이냐 맹그로브냐 남은 칼슘이 부옇게 움직이고 있다. 그사이 내가 내통한 곳 많다 살림살이 빼곡하다 엑스레이 속 일가의 뼈 무리가 하얗게 드러난다. 우리는 밤새 콜록콜록 서로의 뼛속 카라브란을 걸으며 사라진 누란을 엿듣는다 낙타는 묻고 온 제 새끼의 울음소리로 사막을 건너고 있었다. 나는 흉문처럼 떠도는 내 뼈를 울음 속에 묻어 두었다

골프空

저녁 군무를 추다가 되새 떼에서 떨어져 나온 작은 점일
수 있다 발톱과 날개 부리 모두 내부에 두었다 방향을 잃어
버린 날짐승이 떨어진다 삼백 킬로로 내리꽂히는 매에게는
베르쿠치가 있다 삼백 킬로로 내리꽂히는 매에게도 한순
간 망설임같이 공중에 점으로 머무는 몇 초가 있다 외눈박
이 내게도 날카로운 포물선의 한 정점이 떨고 있다 고요다
공중은 무엇도 껴안지 않는다 바람이 등을 밀고 있다 흔들
린다 은빛 금속에 차가운 헤드를 덧댄 백만 번의 빈 스윙의
축, 황금빛 벙커, 춤추는 함정은 아름답다 초록 풀밭 위 은
빛 움푹한 밥그릇에 정확히 꽂힌다 깃발처럼, 몸에 새긴 나
의 베르쿠치 은빛 밥그릇은 아픈 함정이다

홍어

　오래 치대어진 독기, 낯가림 심한 내부와 첫 만남이다 붉은 풀잎을 먹은 몸이 지느러미 되어 납작 엎드려 있다 볏짚과 두엄에 가묘로 묻혔던 시절, 비곗살로 목을 닦는 탄부처럼, 어둠을 비튼다, 한 줄금 지느러미를 건디려고 날마다 독처럼 조금씩 마셔 온 요소, 뼈 없이 흔들리기만 해도 물결이 되는 지평, 당랑거철°로 솟구치는 뼈의 일은 옛 버릇일 뿐 내 뒷골목 내장에서 끌려 나온 오백나한의 지느러미가 차다 족보를 사칭하며 수천 년 돈황의 토굴에서 몸을 뒤척이며 분탕질 일삼은 일, 사후에 힘쓰는 엎드린 조상 같은 이 살 한 점, 해가 지면 분홍으로 살아나는 신전을 지어야겠다

°당랑거철(螳螂拒轍): 사마귀가 팔을 벌리고 수레바퀴를 막는다는 뜻.

다육식물

꽃은 귓불 마주 보기로 한다.

기왓골 너와지붕 오롯이 귀 열은 맑은 귀

밤새 귀엣말 설화가 끓다.

그 꽃 깨물면 붉은 피 지층에 자근자근 번진다.

도톰한 귀구슬에 칠복신, 조몽, 바위손, 귀고리를 했다.

내 몸에 식목된 저 붉은 지느러미

사막 돌무덤 위 살찐 꽃송이, 지느러미 붉다.

귓결 듣는 신기루, 귓문 빗장 지르다.

버리고 간 침 땀 체액이 피우는 로제트장미꽃

긴 귓불은 삼천 년에 한 번 사막을 걸어서 왔다.

귓집 속에 화약이 열린다.

해마

머리는 말인 물고기
골판 갑옷을 껴입고 있다
어린 해마는 서로 긴 꼬리를 묶는 버릇이 있다

해마는 똑같은 질문에 휩싸인다
말일까 용일까
수천 년 문드러지지 않는 질문의 꼬리처럼,

그는 궁금해하지 않는 나를 좋아한다

해마는 용인가 말인가
마른 용을 씹으며 말 그림을 내게 보여 주는 해마
말 등은 용처럼 꿈틀거린다
용도 말도 같다고 말하자
해마는 제 꼬리를 다녀온다

티브이에서 해마가 사라졌다 그 순간,
모든 해마는 내 질문 속으로 걸어 들어온다
그 속에서 용과 말은 내 언어 속에 붉은 안개를 피운다
해마는 왜 꼬리를 묶고 사는가

입을 딱 벌린 채,
공상 중인 수중 속 악어 한 마리
저 너머로 질문을 헤엄쳐 간다

꽃기린

북쪽 별이 뜨고 북쪽 바람에 한쪽 목이 기울어진 기린
외로워서 서로 목을 꼬고 있다

내 목은 서쪽에서 동쪽 삼림지로 건너간다

외로울 땐 목을 잘라 하얀 젖을 먹는다
잘린 목 위에 누군가 빨갛게 앉아 울고 있다

난생도 뿌리도 배 속도 아닌 목에서 태어나
뿌리처럼 분재가 되어 유목이 되는 삶
기린이 눈을 반쯤 감은 채 분재 위 사막을 비틀거리며 건
너간다

깡마른 꽃기린이 빨갛게 피우는 꽃

제 사방무늬 빠져나와 그물 밖 서성일 때
절단된 우린 한 자매같이 한꺼번에 꽃 피운다

가시투성이 짐승이 피우는 빨간 꽃
내 목에 앉은 그녀 동쪽 마다가스카르로 건너간다

잭, 나이프

접혀 버린 칼춤, 잭나이프 잘 접혀 고요하다, 바깥 스치자 오랜 태생이 여싯여싯 등 버린다 어둠이 뱉어 낸 현기 비스듬히 사물 겨눈다, 검은 입속 꿈결처럼 들던 전설적 고수들, 번번이 칼끝 흔들린다

짜릿한 피 고인다, 유리는 끓여도 끓지 않고 끓여도 넘치지 않는다, 유리의 절제는 나의 필독서다 용광로 속 꿈결처럼 들던 전설적 고수들, 뻘겋게 달궈진 심장에 수백 수천 유혹 던져 하얗게 항례에 든 후 명징한 한 자루 칼, 그 명검이 부르르 떨며 부르는 소리 듣는다 내 몸속 기스락에서 올라오는 피비린내 비틀리는 이빨에 묻혀 있던 피 냄새 닦아 준다 나는 저 손의 몇 대 손일까, 화장을 줄이고 외식 생각 곱씹는 버릇들, 오늘은 비스듬히 사과 위에 부드럽게 물린다 내 꿈은 언제나 서늘하다 혈맥을 식힌 싸늘한 광채 잭, 나이프 입속에 접혀 고요하다, 이제 칼등을 쓸 것이다

제2부

뚜껑

뚜껑 열려 있는 장독대 빈 항아리에 빠진 눈발이 멍하다

뚜껑 열린 고사포댁 영감 쟁쟁한 장죽이 담 넘고 있다

뚜껑 열린 막소주병 모서리에 모여 이빨 갈고 있다

뚜껑 닫힌 머리빡, 머리털자리° 성좌에 십자수 자국 선명하다

쪼그려 앉은 뚜껑, 둥근 주름 치마 주름 찌그린 주름 주름투성이다

달 속에 빠진 사람, 큰 보름달에 들어찬 밀물 털어 내자 달 문 꽉 붙잡고 있다

오래된 간장독, 누대에 빠진 얼굴 겹겹 내 얼굴 속이다

● 머리털자리: 북천(北天)에 있는 성좌. 사자자리와 목자자리 사이에 있음.

새

　새 한 마리 누워 있다 고개를 옆으로 길게 누이고 있다
느티나무 밑에 놓아주고 싶었지만 나는 지금 매미의 주검
을 거두는 중이다

　한 바퀴 돌고 오니 아직도 거기 있다 머리가 검고 흰 가슴
털을 가졌다 다리는 보이지 않는다 방금 죽은 것처럼 부드
럽다 긴 꼬리를 가진 직박구리나 비둘기 같다

　한 바퀴 또 돌고 오니 아직 그대로다 눈을 보려다 더 멀리
돌아서 간다 운동장엔 열댓 마리의 비둘기가 앉아 있다 직
박구리는 순식간을 날아다녀 자세히 볼 수가 없었다

　한 바퀴 더 돌고 왔다 새의 눈을 보고 싶었다 이렇게 크고
온전한 새의 주검은 처음이다 머리는 검고 목덜미에 흰 목
도리 털을 둘렀다 비둘기보다 작고 가슴과 등엔 흰 털이 있
고 긴 꼬리는 연회색이다 눈을 뜨고 있다

　다섯 바퀴를 돌아오니 새에게 개미가 조금 붙어 있다

　다음 날, 누군가 새를 느티나무 밑에 옮겨 놓았다 개미

떼에게 뜯긴 흰 가슴 털 사이로 가지런한 두 발이 보인다 분
홍색이다 곧 무너질 색이다

돌탑

그날 까마귀는 목구멍 깊숙이 울고 한 번 더 울었다 밤을 까맣게 앉아서 새운 돌탑 그 웅그린 색과 컥 뱉는 막막함이 길몽과 흉몽이겠다 이승과 저승 사이에 있는 새까만 새

나는 바퀴에 깔려 죽은 잠자리와 메뚜기를 풀숲에 놓아준다 땅속 깊이 묻혔던 돌들을 꺼내어 탑을 쌓아 눈(目)과 지느러미를 달아 준 나무 지팡이를 짚고 돌탑을 돈다

그날은 노랑어리연이 피는 것을 오래 본다 작게 오므린 입이 아침이면 서서히 꽃잎을 연다 벌에게 아침밥을 먹이고 있다 어떤 벌은 하루 종일 다녀도 옆구리 밥주머니가 비어 있다

언제쯤 그 유계의 동공에 들어가 그 검은 곡비의 내력을 까마귀의 언어로 울 수 있는지

돌탑을 돈다

왼손잡이

손바닥에서 바다가 출렁인다

손안에서 완강했던 산맥이 나누어지고
물살을 손금 보듯 환하게 들여다보았던 자리
손바닥엔 흔적처럼 다섯 개의 손가락만 해도처럼 남겨
졌을 것이다
내 두 손 위에 올려놓은 바닷새와 작은 배들
가끔 날개와 침몰의 통증을 앓을 때처럼

사람의 마음 하나 어쩌지 못하는 마른 강도 있을 것이다

혼자서 바다를 찾아가는 것인데
바다풀이나 비린내를 손안에 흘려 보기도 하다가
지진과 해일로 수척해진 어린 것들에게
마른 손목을 물풀처럼 흘려보내기도 하는데

어느 부족은 손가락 열 개로 모든 셈이 된다고 하네

선뜻, 한 손을 던져 주고 돌아섰으나
아직 손가락 다섯 개가 남아 있는 왼손잡이였으니

매미

—에로스

나무 위에 중세의 한 조각이 보인다
어느 몰락한 흑기사의 후예처럼
딱딱한 방패와 투구

식어진 여름의 감정에 갈큇발 얹고 있다

황금 독화살에 찔려 뚫린
방패와 투구들
여름은 네 마리 마차를 몰고 간 헬리오스처럼 사라진다

저 귓속에 괸 울음의 바퀴 안에는
흑기사 갑옷 연대기에 정복자 에로스의 변검이 있다

세상에서 단 하나의 단어만 사용한 종족들
목청이 마차처럼 덜컹덜컹 숲을 건너간다

아르고스°의 눈과 방패를 버린 연인은
수천 년 전 몰락한
죽은 연인들의 긴 머리카락을 잘라 주고 있다

●아르고스: 모든 것을 놓치지 않는 눈을 가진 괴물로, 온몸에 눈이
있다.

유리의 내력

입술이 지겨워진다

유리는 손목을 긋고 자진한다

선병질적인 유리의 비명이 발 앞에 낭자하다

너의 본적은 사막,

근본을 묻는 버릇은 내 할아버지의 내력이다

피를 보고서야 너의 病은 완성된다

유리가 내 손의 붉은 조각으로 들어온다

수혈처럼 둥글게 떨어지는 피

나무와 식물의 적혈구는 어디로 가는 것일까

낙타의 붉은 피를 버무려 나물 무쳐 먹을까

지층을 벗겨 낼수록

수천 년 전갈을 키워 온 족보가 드러난다

새빨간 피가 사막을 건너가고 있다

유리의 내력을 버릇처럼 좇고 있다

내시경

　내 양 날개 어깻죽지 사이가 새의 통로였다 발끝에서 온
몸을 운행하던 저 여윈 새의 행방을 멀찍이 바라보다 나는
내 몸의 별자리를 의심한다 어떤 급격한 마음이 지나가며
곰자리나 북두칠성을 위협했을까 몸속 깊숙이 여윈 새의 행
방을 넣어 본다 오래 앓았던 새의 흔적들 군데군데 새의 울
음이 화석처럼 박혀 있다 부화 중인 새의 신음이 태초로부
터 올라오고 있다 항로를 이탈한 새의 기원에 대해서는 아
직 알려진 것이 없다 언뜻 천 년에 한 번 화살자리별이 새의
심장을 꿰뚫는다 한다

솔방울

한 알의 솔방울에 끌려

탑을 돕니다 장미꽃으로 돕니다 연꽃으로 돕니다 비늘 덮인 물고기로 돕니다 종소리로 돕니다 바람 소리 휘돕니다 벌레 소리로 빙빙 감습니다 종소리로 돕니다 부채춤으로 돕니다 기울어짐으로 돕니다 티베트 스님의 가사로 돕니다 등촉으로 돕니다 소나무로 돕니다

수천 년 후
솔방울의 오므린 입속에 피어 있는 저 탑꽃의 근원을 묻는 내게
다만, 솔방울 하나로 대답하는

응가예 응가이
— 킬리만자로

말라죽은 표범 사체가 있는 킬리만자로

일만 구천칠백십 피트의 서쪽 봉우리 빙벽
미라처럼 얼어 죽은 표범의 눈 속에 흰 봉우리 있다

응가예 응가이 *
중심이 소용돌이치는 괄약근처럼 움푹 파여 있다
급체한 비를 쏟아 내다
매화꽃 피우다 항문이 통째로 빠진 곳

저 소용돌이로만 오를 수 있는 흰 산에 가 닿는 정신은
무엇인가
우기에도 바지춤 움켜잡고 응가예 응가이를 내리지 않
는다

뼈에서, 나오는 춤이 되라고
날마다 한 숟가락씩 식초를 마셨다
그 뼈는 곡마단 아이들처럼 공중 속으로 돌아올까
술로 만든 식초처럼 저 빙벽은 춤을 춘다
하얀 산의 소용돌이를 가진 나는

44

곡마단 아이들보다 한 뼘은 더 팔이 길었다

꼭대기에 올라가 죽은
표범의 뼈들이
흰 소용돌이를 갖고 타고 있다

● 응가예 응가이: 마사이어로 '신의 집'이라는 뜻.

블라인드

여자가 착착 접힌다
접히면서 하루가 열리네
갇혔던 사물들이 바람들이 날개를 다네
그녀의 허리는 아직도 반쯤 접혀 있고
등허리에 늦은 햇살이 머무네
생의 한쪽이 자주 기울어지는 뒤틀린 블라인드
멈칫 멈칫 멈칫거리다 열리는 블라인드
차르르 차르르
오늘은 빗물처럼 부드럽게 흐르네
간격과 간격 사이가 순한 날
차단한 세상과 들려오는 소문들
한땐 사물들이 착착 잘 갈무리되었었지
그녀의 늘어진 아침처럼 실 터진 블라인드
날아온 바람의 갈퀴와 소문의 귀는 점점 길어지고

어둡게 누운 그녀의 얼굴 위 천정에
그림자처럼 나란히 누워 있는 블라인드

작전
─두꺼비 산란지의 위기

드디어, 망월지가 꿈틀꿈틀했다

해마다 새끼 두꺼비 수천 마리가 어미 두꺼비 삼천 마리
와 연계해 새까맣게 서식지로 이동하는 노르망디 연계 작
전 같다

흰 안개에 싸인 배 속이 폭풍 전야같이 고요하다

제3부

게의 식사법
―유류품

게는 잡혀선 아무것도 먹지 않는다
가지런한 옥니 두 개 하얗게 식탁에 드러나 있다
게거품 물며 옆구리를 끊어 먹던 단단한 옥니박

갯벌에 두고 온 옥니가 있었던 거다

왕쥐똥나무 왕국

황금 띠 두른 가장자리가 황금나무 벽화다
벽화 속엔 어느 이름 모를 왕국의 문장이 흘러가는 것
일까
왕쥐똥나무 세계가 있다
바람이 불면
잎잎이 들어가 문고리 잡아당기는

산사나무 잎을 가진 가문과
당단풍 문양이나
기하학 문양을 쓰는 가문도 있다
이 왕의 나라에는 왕의 일에 종사하는 왕쥐똥 마을과
황금색을 뽑아내는 황금쥐똥나무 마을과
쥐똥나무 초록이 사는 마을이 있다
쥐똥나무 가계는 평생 까만 쥐똥 눈이 왕국의 울타리를
짓는다

수천의 잎잎을 뒤져 내 가계를 찾아다니는 일
세계는 그림자처럼 흔들린다
바람의 뼈가 담긴 바랑을 가진 나그네가 있다
오래전 이 나무의 가난한 왕자였을 때

저 벽화 속에 그려 넣었을 왕국의 설계도
세상의 문장을 한 잎 한 잎 그림자 앞에 세우는 것일까

왕쥐똥나무 나라에는 밤늦도록
잎잎이 들어가 문고리 잡아당기는
황금색 벽화에 골몰하는 한 왕과
왕의 불면을 근심하는 잎잎의 가문이 있다

여섯 시 반, 반가사유상

내 얼굴을 일곱 시 방향에 두었다

사람들은 일곱 시 방향인 나를 알고 간다
일곱 시 방향에서 손이 흘러나오고 번열이 끓고 상(相)
이 생긴다
일곱 시로 술이 들어가고 음악이 들어가고 새로운 당신이
들어간다
얼굴을 한 시 방향에 둘 수도 있다
맑은 하늘은 열두 시 방향에 옮겨 심는다
바람 방향이 바뀌면
세 시 또는 아홉 시로 돌려진다
손바닥 발바닥 닦을 때는 여섯 시에 고정된다
방향이 선호하는 방향은 어느 쪽일까
얼굴은 어느 방향을 두고 움직이는가에 대해 생각하느라
"여섯 시 반, 반가사유상"처럼 정물이 되었다
뒤에서 문득 부르면 얼굴은 시계 뒤쪽이다
얼굴은 열두 시에서 한 시 사이로 아주 느리게 이동하고
한 시에서 열한 시 순간 이동은 반자동이다
왜 그날 얼굴은 일곱 시 방향에 있었을까
팔십삼 호 반가사유상은 일곱 시 반에서 여덟 시 사이에

54

머문다

　내 얼굴이 일곱 시 반에서 여덟 시 반 사이였다면

　팔십삼 호는 분명 아홉 시 방향으로 틀었을 것이다

　바람, 비, 눈, 햇빛은 취향대로 빙빙 돈다

　나는 일곱 시 방향보다 다른 방향을 찾고 싶다

　한 시에 땡! 두 시에 땡! 세 시에 땡땡!! 리드미컬한 계
단식 얼굴

　일곱 시에 숨어들어 스물네 계단 내려가면

　이십오 계단부턴 얼굴 없는 세계다

양철 지붕 집

그 집에 사는 사람은 소리의 탑 하나씩 가지고 있다는데
지붕 위로 흐르는 계절도 낚아채 탑 속에 차곡 재워 놓고
참새 울음 까치 울음 탱자꽃 터지는 소리도 녹음해 놓고
소나기 튀자 콩 볶아 먹고 나뭇잎 지면 지짐 부치고 바람 캄캄하면
귀신 놀이, 눈 오는 날은 시뻘건 장작불로 조청 달여 먹는 날
소리란 소리 모두 쌓아 놓고
봄 여름 가을 겨울이 몸에 흐르네
멜로디 스틱같이 길고 짧은 키가 토닥토닥 노래가 되다가 와르르 무너져
이별이 눈물이 슬픔이 아코디언같이 흩어졌다 모였다
바람 없어도 지붕 혼자 웅웅 우는 때, 집이 혼자 구시렁거리면
지붕이 나이 먹는 소리라고, 때로는 집도
사람에게 피접 드신다며 아버지 조용히 말하셨네
그 탑 속의 오래된 젖은 소리 꺼내어 말려 놓는 일
소리도 잘 쌓으면 다보탑 석가탑 된다는데
귀는 녹슬어도 낮고 젖은 제 소리는 귀신같이 알아듣는 집

뉴질랜드산 바나나

식탁 위
까맣게 죽어 가는 바나나
죽어 가는 검은 반점이 거느리고 있는 열 손가락
한 나뭇가지에 층층이 매달려 있던 손바닥들
바나나의 세계엔 뉴질랜드산 파란 태양이 드러누워 있다

손가락을 찢어 먹고 있는 식탁들
손바닥에서 끝없이 뛰어내리는 손가락들 가출한다
한 나뭇가지에 매달린 질긴 가죽 글러브만 보인다
남은 열 손가락에 뉴질랜드산 검은 반점
닫히지 않는 야구 글러브

그대를 삭제한 시간의 재배치

시간 밖의 시간을 다시 시계 속으로

있음과 없음 이 양면의 날들
시간표 속에 담겨지지 않는 막무가내의 시간들을
시계 속에서 끄집어냈어요

10시와 12시 사이
3시와 5시 사이
어떻게 채울까요
24시간을 바둑알같이 쫙 펼쳐 놓고
밀크캐러멜처럼 하나씩 똑똑 떼어 먹으면
열두 시에서 단물이 흐르고 네 시에선 핏물이 고였어요
심하게 뾰족한 각들은 그대의 가슴뼈입니까

삭제된 시간이 유령처럼 내 속을 기웃거려
캐러멜을 두 쪽씩 삼켜요
20시와 0시 사이에선
빗물이 져요 유별난 시간이 흘리는 눈물

지친 저 캄캄한 시계 속

24시간이 뜬눈으로 26시를 기다리고 있어요

나의 생이
그대가 있는 시간, 그대가 없는 시간으로 나누어지다니

누드비치

렉비치 누드비치에 누드로 누워 있는 태평양
수면에 흘러 다니는 아름드리 통나무도 누드다
내 맨살을 찰싹거리는 너울들
두 손바닥으로 그 맨살이 오른다
차갑게 달구어진 뜨거운 혓바닥이다
물풀처럼 척척 감기다, 내 영혼이 심해어처럼
눈먼 천년, 눈뜬 천년
남빙양 북빙양 인도양 대서양 태평양, 오대양이
잠시 손금 속에 고인다
몰락한 대양의 비말이 하얗게 누워 있다
세계는 단순한 윤곽을 드러낸다*
손금을 낚아채는 빛살들처럼.

* 김행숙의 시 「검은 해변」에서 차용.

60

비밀

나는 내 예술품 속 유적지를 거닌다

새의 팔다리를 조각하다 보면

방금 태어난 꽃도 실핏줄이 돋는다

이제 나는 말할 수 있다

아름다운 내 속을 누가 치명(致命)처럼 뒹굴었는지

끌을 쥔 작은 손 방금 빚어진 발을 빚으며 발의 먹물 씻겨 준다

아무도 눈여겨보지 않아도 안다

얼굴이 농담처럼 숨겨 준 나의 비밀

예술품 가득한 박물관을 날마다 거닌다는 거

인간의 유적지에 나는 천 번의 탄생과 죽음이었다

피카소가 가슴을 찢어 가고

리히텐슈타인이 행복한 눈물을 받아 가고

조세핀 뮬란의 초상이 내 어깨를 가져간다

내 정원의 정신에 나는 몇 번째 추방자일까

새의 다리를 낳고 날개를 낳고 어린 가슴을 낳는다

가리왕에게 갈가리 찢긴 붓다에겐 정말 비명이 없었을까

걸어서 세계를 보여 준 오래된 몸들

내가 내게 친절하기까지, 나의 비밀을

너무 늦지 않게

낮꿈

움직이지 마세요

팔이 떨어질 수 있어요 다리가 깨어질 수 있어요 이빨이
부러질 수도 있어요 얼음 막 속에 갇혀 방금 이십 년이 되
었어요 결혼식장의 신부는 지금 낳은 아이가 스무 살 청년
이네요 이빨 깨진 주례사의 헛말이 고드름처럼 떨어져요 어
떤 약속도 서약도 여기선 얼어 버려요 낮꿈이 서서히 이 방
을 빠져나가면 그때 자신을 찾아가세요 너무 젊은 그대 너
무 늙은 그대 스무 개의 식탁에서 어떤 색깔의 입술을 드셨
는지 어떤 음모를 하셨는지 여기선 다 녹아 버려요 이 둥근
탁자에 앉는 순간 우리는 이십 년 미래입니다 왜 드라이아
이스에 갇혔는지 결혼식장인지 왜 낮꿈을 꾸시는지 매 분,
초, 새로운 신부들이 청년을 낳고, 여기저기 부러진 다리들
부부인지 연인인지 주례사는 계속 이빨이 깨어져 누구나 연
인이 될 수 있다며 허물어진 말이 컹컹 갈비뼈를 건드리고
심장을 울렁이게 해 아무 다리나 끼워 맞추라는 저 주례사
의 얼굴 웃는 건지 우는 건지 꿈 깨고 나면 말짱한 이십 년
전이라나요 어떤 다리를 어떤 얼굴을 챙기었기에

슈빌*

무채색이다
공룡과 한 공중을 날았다는 날개가 커다란 새
찍힌 날갯죽지 사이에도 공룡의 공중이 있다
조장의 역사가 있는 티베트나 아프리카의 영혼일 거다
나는 이불깃에 덧대어진 뿌리가 붉은 꼭두서니의 빨강을
빨고 있다
주둥이와 주둥이를 딱딱 마주치는 구애
침이 먼저 흐르는 그 입속이 붉다
사랑이 맛있는 음식 같다는 것 나 또한 시조새의 생리
저녁, 뭉친 허기가 꼼짝없이 기다리는
입맛이 몰려드는 시간
커튼처럼 올렸다 내려진 눈꺼풀의 고요 속 모든 당신이
서 있다
붉은 영혼이 불러들인 저 무채색의 타임캡슐

궤도를 날아온 당신의 입은 아직도 딱딱 침이 흐르는가

* 슈빌: 전설상의 시조새. 공룡과 함께 날았다고 함. 오후에 땅거미가
지면 나타난다고 하는데, 온몸이 회색이라고 함.

증상

내용증명처럼 해독제는

미친 알레르기를 찾아 몸속 구석구석을 탐문한다
잠수가 특기인 알레르기
알레르기는 몸속으로 들어간 물구나무다

지구 위에 거꾸로 서 있는 한 남자의 화면이 지나간다
아르헨티나가 저녁이면 그는 지금 지구 반대편
상하이의 아침을 보고 있다

몸의 대척점에서 거꾸로 매달려 잠복기를 견딘 알레르
기가
첫 발병지인 얇은 귓속을 찾아든다
미끼를 문 손이 습관처럼 나를 긁는다
더 끈질기게, 잠든 사이 내 무의식을 건드린다

아르헨티나에서 한 사람이 물구나무를 서고 있다
상하이에서 그는 바로 선 몽상가이다

도망자 알레르기는

추격자인 해독제를 물구나무 세운 밀거래자다

슈퍼맥스

집와이어를 타며 퇴화한 어떤 새의 날개에 관여하자
번지점프하는 수많은 당신의 뼈에서 와이어로프를 만난다
슈퍼맥스●가 꼭 잡아 놓은 전생과 내생들

비너스 와이어를 입은 가슴이 쇼를 걸어 나온다
브래지어 버클을 그녀는 정조대라 불렀다
당신이 쇠를 다루었던 어느 낯선 물음이 문득 스쳤다면
그녀의 브래지어 버클은 불신의 유전이다

이사도라 던컨의 목을 사랑했던 긴 스카프 얘기일 수 있다

날마다 새로운 죽음처럼 버클을 갈아 끼우는 그녀
슈퍼맥스에서 끊임없이 그녀가 태어났다
어느 날 당신과 나 낯선 흔적에 인연처럼 끌렸다면
지금 브래지어 버클에 대해 잔혹사를 쓰고 있는 것이다

이를테면 와이어는
와이어에 매여 있는 당신의 행방에 주사위를 던지고 싶
은 것

● 슈퍼맥스: 초강재 특수 섬유로 제작된 와이어.

고리

목성 토성 천왕성 해왕성은 고리를 가지고 있다
자세히 보면 둥근 고리는 바깥으로 멀어질수록 밝다
가까울수록 짙다 마음이 쓰였던 쪽들은
베틀에 매인 실처럼 뒤틀림 없이 팽팽하다 그 힘으로 창
창하다 할까
별에 대하여 내가 아는 것은 길을 잃었을 때
북두칠성의 꼬리를 꽉 잡아야 한다는 것이다
고리를 가진 별에 대한 내 집착이란
고통과 얼룩으로 떨어진 먼지와 알갱이들, 알갱이들이
꽉 붙잡고 있는 골육 같은 그런 고리!
그대가 내게 끼워 준 반지, 반지 같은 그런 고리
먼지도 얼음도 한 별을 조정할 수 있다는 것 증명하듯
이를테면
유난히 짙은 고리를 가진 누군가를
보이지 않는 먼지 알갱이 투명한 얼음 고리로
베틀에 매인 실처럼 팽팽하게 조정하고 있다면

가족

콘트라베이스 속에서 한 남자가 나왔다

그 남자가 콘트라베이스를 켜자

한 남자가 나왔다 또 한 남자가 나왔다

한 남자가 네 사람의 등을 켜고 있다*

남자의 등에 핏빛 빗금이 터진다

남자가 콘트라베이스에 말총을 긁어 댄다

남자의 일생이 진물처럼 흐른다

한 남자가 끊어졌다 또 한 남자가 끊어졌다

콘트라베이스에 들어간 남자들

콘트라베이스에 한 여자가 엎드려 있다

장미 한 송이 놓여 있다

●백남준은 자신의 등을 악기로 삼아 샬롯데 무어맨으로 하여금 켜게
했다(1984).

숟가락

나와 당신이 있는 빈집에
덩그러니 숟가락만 있는 아침이 있다

가끔 다른 생각을 파먹는 일에 몰두하면서
같은 생애의 구덩이를 짓는 숟가락이라 한다

뚜껑을 열어
서로를 뒤집는 숟가락

두 개의 숟가락을 씻어 수저통에 담으면
근사한 한 쌍의 숟가락
이물질을 파먹으며 맛있는 음식을 씹듯
다른 얼굴이 아닌 숟가락

손가락으로 밥을 먹는 종족들이 있다

손가락의 일이
숟가락으로 옮겨 앉는 오랜 사이
당신은 빨강 나는 파란 팥물
내 불량의 색깔을 곱게 떠먹지 못한다, 그러므로

우린 조용히 식사를 한다

말갛게 닦여 있는 당신
무언가 묻어 있는 저녁
식탁 위 다소곳이 놓여 있는 빈 숟가락

우린 서로를 숟가락이라 부른다

도꾸이

사람마다 있는 도꾸이

아침잠을 깨우는 삼십 년 야채 장사

멀리서 건너뛰듯 내 앞에 딱 서는 지하철 도꾸이

친절 다정한 도꾸이

맨주먹 도꾸이

조붓한 골목 도꾸이

빈 주전자, 콩나물 통 앞에 서면 채워 주던 도꾸이

세상의 반은 도꾸이가 먹여 살린다

3번 방 간섭파 치료기 도꾸이

손 발 얼굴 수시로 들락인다

주인은 본체만체 꼿꼿하게 서 있는 법이 없는

태양이고 어머니 형님 하느님인

나보다 더 잘 나를 아는 도꾸이들

나는 세상의 도꾸이 단골로 태어나겠다

단골이 단골을 만드는 도꾸이

생불

깊은 침묵이 빨간 고무 들통에 엎드려 있다
한 번도 키를 높여 본 적 없는 생불처럼
새벽호 동방호 대망호의 저인망에
고스란히 깨끗하게 투망했다

낡은 그물을 깁는 애비 곁에서
에미는 자연산 광어라고 흰 배때기를 철썩이자
한 번씩 크게 파닥거려 생물임을 연출한다 그리곤
제 살빛보다 더 깊은 눈 쏠림
일생 키를 세워 본 일 없어 들통이 대양이다
찰나에 엎드려지고 낮아져 사라진다

오이도 방파제 길상호 저인망 천막 속
한 번만 흔들어 보면 단번에 적멸을 작파하고
애비와 에미와 척척 죽이 맞아
허공을 눈부신 흰빛이게 하는 광어들이 있다

여윈 새의 행방

김경주

> 북쪽 별이 뜨고 북쪽 바람에 한쪽 목이 기울어진 기린
> 외로워서 서로 목을 꼬고 있다
>
> —「꽃기린」부분

> 꽃은 귓불 마주 보기로 한다.
>
> 기왓골 너와지붕 오롯이 귀 열은 맑은 귀
>
> 밤새 귀엣말 설화가 끓다.
>
> 그 꽃 깨물면 붉은 피 지층에 자근자근 번진다.
>
> —「다육식물」부분

장정자 시인을 처음 만났던 때부터 이야기를 해야 할 것 같다. 5년 전 여름, 나는 경향신문사 건물의 한 공간에서

저녁 무렵 시창작방법론이라는 수업을 하게 되었다. 민예총과 경향신문사가 공동 주관하는 인문학 강의 프로그램들 중 하나였고 나를 비롯해서 몇몇의 시인과 소설가들은 일주일에 한 번씩 수강생들에게 창작 방법론을 맡아 달라는 부탁을 받았다. 다른 사설 아카데미에 비해 공간도 비좁고(조립식 건물 형태라 옆 강의실의 수업 내용이 다 들려오곤 했다) 강사들의 대우도 넉넉지 않았지만, 지금까지 시를 가지고 이야기를 나누었던 시간 중 내 기억에 남을 만한 꽤 즐거운 시간들이었다. 당시 나는 일주일에 한두 번 대학에 시간 강의를 나가고 있었고 박한 고료에 시달리며 이것저것 잡문을 쓰며 생활을 하던 시절이었다. 수강생들은 주로 직장을 다니고 있거나, 학생들이었다. 대부분 빠듯한 일상 속에서도 남몰래 시를 지니고 있었거나, 남몰래 시를 짓고 있는 사람들이었다. 다들 시적 수준이나 시를 대하는 방식도 달랐다. 하지만 시를 대하는 순정만큼은 뜨거운 사람들이었다. 사설 아카데미에서 시를 주제로 수업을 해 보는 것은 처음이었기 때문에, 낯설기도 했지만 내심 일주일에 한 번 사람들의 새로운 시를 볼 수 있는 시간이 기다려지곤 했다. 나는 첫 수업부터 수강생들에게 속칭 '등단용 제조 수업'은 하지 않을 생각이라고 말했고(내겐 그런 재주도 없다는 것을 강조하며) 다행히 수강생들도 그런 목적에는 별 뜻을 두지 않는 사람들이 모이곤 했다. 대학 강의하고는 달리 이런 수업의 경우는 나이부터 직업, 생활 형편까지 다양한 수강생들이 오게 마련이다. 시를 써 온 방식도 다들 다르고, 시적 수준도 변별력이 크기 때문에 이쪽에서 중심을 잡고 이끌지 않으면 수업은 중구난방이 되기 십상이다. 그래서 나는 수업마다 가능한 좋은 시를 많이 읽고, 애정을 가지고 서로의 시를 바라보자는 마음의 결을 만들어 가고자 노력했다. 수강생들은 내가 생각한 것 이상으로 하나가 되어 주었고 나는 일 년 정도 설렘으로 그 수업을 진행했다. 그리고 거기서 장정자 시인을 알게 되었다.

그녀는 한 분기 정도 내 수업을 들었다. 그녀는 겸손한 시인이었다. 나는 물론 그녀가 이미 등단을 했으며 시집을 한 권 낸 시인이라는 사실을 전혀 몰랐다.(지금에도 의문이 가지만 그녀는 도대체 왜 굳이 내 수업을 들었던 것일까?) 그녀가 처음 제출한 시를 돌려서 읽은 후 나는 사람들에게 이렇게 말했다.

"이 시는 매우 좋습니다. 저로선 별로 할 말이 없습니다. 그러니 우리 모두 다시 한 번 직접 낭독하는 목소리로 들어 보고 다음 사람의 시로 넘어가기로 하겠습니다." 내가 처음 그녀에게 던진 코멘트였다. 수업을 마친 후 나는 그녀를 따로 불러 조용히 말했다.

"선생님께서는 제 수업을 듣지 않으셔도 될 것 같습니다. 만일 등단을 염두에 두시고 오신 거라면 어느 잡지사나 문학잡지에 지금 당장 투고하셔도 이미 충분하다고 여겨집니다. 그러니 사무실에 말씀하셔서 수강료를 돌려받으시고 다음 수업부터는 저를 곤란하게 하지 말아 주셨으면 합니다."

내 말이 너무 단호했는지 그녀는 거의 울먹이는 듯한 목소리로 말했다. 사실 자신은 이미 몇 년 전 잡지로 데뷔를 했지만 평생 시를 공부하며 살고 싶은 사람이고 시 공부에 목이 말라 찾아왔다고 결코 나를 속이려는 의도는 없었다고. 처음에 나는 장정자 시인의 그 말뜻을 이해하기가 어려웠다. 당시의 기분으로선 뭔가 염탐당한 기분이었고, 강사인 내게 사전에 자신이 시인임을 밝히지 않았던 부분이 조금 불쾌한 구석이 생길 만큼 오해가 도사리는 태도로 여겨졌던 것이다.

"강사님께서 이 수업에선 시 외에 어떤 것으로도 자신을 밝히려 해서는 안 된다고 하셔서……."

결론부터 말하면 한 분기 정도 장정자 시인은 내 수업(?)을 들었던 셈이다. 바꾸어 말하면 한 분기 정도 나는 장정자 시인의 눈치를 보며 시 수업을 했다. 하지만 생각보다 그건 불쾌한 일도 아니었고 근사한 시간이기도 했다. 그 시 수업을 통해 나는 많은 것을 각성했고 매주 그녀의 시를 볼 때마다 놀라곤 했기 때문이다.

장정자 시인은 소위 문단과는 거리가 먼 사람이었다. 데뷔를 늦은 나이에 잡지로 했고 첫 시집을 몇 년 전에 출간했지만 자신을 여전히 시를 갓 공부하는 사람으로 여기는 시인이었다. 대학에서 문학 공부를 따로 한 경험도 없고, 혼자서 그저 바위에 칼을 갈 듯이 수십 년 간 시의 날을 매일 갈았다고 했다(그녀는 더 이상 몸을 가누지 못해 병실에 눕기 전까지 거의 매일 새벽 2시 정도 기침을 해서 5시까지 손으로 종이에 시를 쓰곤 했다). 그녀는 자신의 말 그대로 일생 동안 시를 짓는 사람으로 살다 가고 싶다고 했다. 그녀로서는 한 번 정도 문학 수업이라는 것에 대한 갈증을 풀어 보고 싶은 것이 내 수업과의 인연이라면 인연이라고 해야 할 것이다. 생각해 보면 그 한 분기 동안 그 수업의 진짜 선생은 그녀였는지도 모르겠다. 그녀가 써 온 시들은 매번 나를 움켜쥘 만큼 좋은 문교(門橋)로 가득했고 내가 가꾸는 시어들을 고사리만 한 정도로 빈약하게 보일 만큼 결이 단정하고 고왔다. 시인으로서 그것은 기분 좋은 연대감이기도 했고, 때론 질투가 날 만큼 나로선 닿을 수 없는 진정의 영역이거나 먼 거리의 은하에 있는 언어들 같아 보였다 (그녀는 일생 불성을 믿고 불심에 가득한 사람이었다). 발문을 쓰는 지금 이 시집의 곳곳에서도 그녀가 내게 처음 보여 준 덥고 서늘한 행간의 감흥이 가득하다. 한 분기 정도가 지나고 그녀는 다시 자신의 책상으로 돌아갔다(그것은 내가 만류한 것이기도 했다).

그리고 우리는 가끔 만나 시를 보여 주고 근황을 주고받았다. 그녀는 새벽이면 여전히 깨어 작은 밥상머리 책상에 배를 한 척 띄우고 먼 물길을 마중 나가곤 한다고 했다. 나는 수업 시간마다 그녀가 한 번씩 보여 준 시들을 출력을 하거나 복사를 해서 수강생들에게 나누어 주고 돌려 가며 읽곤 했다. 나는 이 시인의 시들을 읽어 주며 지금 이 시인은 우리 문단의 구석에서는 자리가 미미해 보이지만, 언젠가 이 시인의 결이 지금처럼 보존된다면 우리 시문학사에 중요

한 걸음걸이가 한 뼘 더 있었다는 것을 알게 될 것이라고 힘주어 말하곤 했다. 그것은 어쩌면 제도권 문학 안에 길들여진 내 호흡의 음푹한 구석에 대한 궁색한 변명 같은 것이었는지도 모른다. 내가 그 시인의 문학으로 그 시절을 변명하고 싶었던 것은 무엇이었을까? 지금은 이렇게 묻고 있다. 분명한 것은 문학은 변명이 아니라는 것이다. 나는 좋은 문학은 개연성을 만드는 것이 아니라고 생각하는 사람이다. 그럴듯한 것이 아니라 그럴 수밖에 없는 것을 써야 하는 것이 문학의 고집이며 문학의 존재 증명이어야 한다고 생각하는 사람이다. 문학이 인간의 천진성과 잔혹성에 대한 보고서라면 시는 그사이를 오가며 길들여진 인간의 언어들을 조롱하는 유희이며 비애일 것이다. 이빨들이 입속에서 넘치지 않으려고 잇몸에 기대어 살듯이, 시어들은 언어 속에 살면서 언어를 벗어난다. 그녀의 시를 대하는 태도와 시 공부는 늘 그런 총기와 온도가 머무르고 있었다. 수많은 시인들이 궤도를 벗어난 제도에 머물러 있을 때, 그녀는 제도를 벗어나 오랫동안 가만히 시의 궤도를 그리고 있는 듯했다. 그녀는 문학적 체험으로 빚어내는 것들이 아닌 존재의 체험으로 빚어진 시들을 손으로 꾹꾹 눌러써 가곤 했다. 내가 그것을 알아볼 수 있어서 다행이라고 여겨지는 순간들이 다가올 무렵, 그녀는 갑자기 세상을 홀연히 떠나 버렸지만.

나는 그 일 년 간의 시창작방법론 수업 동안 누구의 곁도 아니고 누구의 적도 되어서는 안 되는 그 시인이 만들어 가는 시의 결을 시를 공부하는 사람들과 나누고 싶었는지도 모른다. 나는 운이 좋은 사람이었다.

    접혀 버린 칼춤, 잭나이프 잘 접혀 고요하다, 바깥 스치
자 오랜 태생이 여섯여섯 등 버린다 어둠이 뱉어 낸 현기 비
스듬히 사물 겨눈다, 검은 입속 꿈결처럼 듣던 전설적 고수
들, 번번이 칼끝 흔들린다

    짜릿한 피 고인다, 유리는 끓여도 끓지 않고 끓여도 넘치
지 않는다, 유리의 절제는 나의 필독서다 용광로 속 꿈결처
럼 듣던 전설적 고수들, 뻘겋게 달궈진 심장에 수백 수천 유
혹 던져 하얗게 항례에 든 후 명징한 한 자루 칼, 그 명검이
부르르 떨며 부르는 소리 듣는다 내 몸속 기스락에서 올라
오는 피비린내 비틀리는 이빨에 묻혀 있던 피 냄새 닦아 준
다 나는 저 손의 몇 대 손일까, 화장을 줄이고 외식 생각 곱
씹는 버릇들, 오늘은 비스듬히 사과 위에 부드럽게 물린다
내 꿈은 언제나 서늘하다 혈맥을 식힌 싸늘한 광채 잭,나이
프 입속에 접혀 고요하다, 이제 칼등을 쓸 것이다

                        —「잭,나이프」전문

    2014년 봄, 그녀의 부고 소식을 듣고 캄캄했다. 나는 운
전 중 잠시 차를 갓길에 대고 먹먹했다. 몇 개월 간 소식이
없어 소식이 궁금했고 내가 먼저 전화를 걸었다. 몇 차례
문자를 했지만 답장이 오지 않았다. 전화를 받은 이는 그녀
의 남편이었다. 지난주 그동안 백혈병과 투병하다가 조용

히 하늘로 돌아갔다고 했다. 전화기 번호를 삭제하려던 참이었지만 내 번호를 보고 받았다고 했다. 그건 그녀가 처음 내 강의실로 수줍게 들어와 뒷좌석을 조용히 차지한 시간만큼이나 낯설고 당혹스러운 소식이었다. 무엇보다 나는 고인에게 섭섭한 마음이 커서 화가 날 지경이었다. 가족에 의하면 작년 가을 몸이 어두워져 진단 중 갑자기 백혈구 수치가 늘어나 병을 알게 되었고, 몇 개월 간 급속도로 감염 세포가 번져 손 쓸 시간도 없이 가 버렸다고 했다. 늘 그렇듯이 주변에 병 소식을 알리지도 않았고, 시간이 얼마 남지 않았음에도 마지막까지 깨끗한 모습을 보이려고 노력했다고 했다(그녀는 내가 아는 어떤 시인보다도 품성과 결계가 단정한 분이었다). 짐작해 보건데 그녀는 물론 시가 아닌 자신의 병 소식을 내게도 알리고 싶어 하지 않았을 것이다. 마지막엔 머리털이 모두 빠져나가고 손톱이 흐물거리는 모습을 가족도 보기 힘들었다고 했다. 수화기 너머로 느껴지는 남편 분의 침묵은 많은 것을 설명하지 않아도 가족에게 이 사실이 얼마나 상실과 고통의 흔적으로 남아 있는지 짐작할 수 있을 것 같았다. 그녀는 가족 옆에서만 조용히 마지막 호흡을 고르곤 했을 것이다. 그렇다고 하더라도 다가가 손목 한번 잡아 주지 못한 내 마음은 구렁텅이가 되어 버리곤 했다. 며칠 야속하고 아련하게 걸음걸이가 휘었다. 3월이었고 햇살과 아지랑이가 구별이 되지 않는 날들이었다.

어쩌다가 내가 이 시인의 유고 원고에 이런 글머리를 놓아야 하는지 지금도 잘 모르겠다. 정말이지 우리의 인연이

이런 식으로 종지감을 가질 거라곤 생각해 보지 못했기 때문이다. 슬픔도 슬픔이지만 나는 황망함에 그녀의 원고들을 들추어 볼 때마다 글썽이게 된다. 스스로 정리를 미룬 시인의 원고만큼이나 내 쪽에선 정리되지 못한 마음의 결들이 맥을 못 추고 돌아눕게 된다. 솔직히 말해서 받아들이고 싶지 않은 원고였고, 동시에 내가 꼭 써야 할 것 같은 원고 같기도 했다. 출력을 해서 몇 달 동안 가방에 원고 뭉치를 넣어 다니며 수도 없이 원고를 뒤적거리면서 나는 시인의 가족들은 이 시인이 얼마나 시에 순혈을 주었는지 결코 헤아릴 수 없을 거라는 생각을 자주 하곤 했다. 모든 시인은 가족이 잘 알아들을 수 없는 언어로 세상의 풍경과 사물과 관계들을 사랑하다가 가기 때문이다. 다행스럽게도 그것이 모든 시인에게 고독이자 외로움이 되지는 않는다. 시인은 자주 내게 자신의 가족은 자신이 왜 그렇게 시를 쓰는지, 자신이 시로 건너가고 싶은 세상이 어디에 있는지 절대 모를 거라고 미소 짓곤 했다. 시인은 설명할 수 없는 것들과 설명하기 곤란한 것들 앞에서 조용히 찻잔을 만지며 미소 짓곤 했다. 시인의 고독은 미소와 가장 닮은 부분이 있다. 다행스럽게도 그때 나는 언젠가는 가족들이 선생님의 시를 모두 이해하지는 못하더라도, 그 시로부터 그리 멀리 가지는 않을 것이라고 말해 주곤 했다.

일 년 전 즈음, 어느 날 장정자 시인은 다음 시집을 조심스럽게 정리하기 위해 준비 중이라며 거친 시의 맥박을 다스리는 중이라고 했다. 나는 좋은 소식이라며 북돋았다.

하지만 시인은 시집 원고를 정리하는 데 요즘엔 머리가 많이 자주 아프다고, 전처럼 새벽에 일어나 시를 들여다보기가 어렵다고 말했다. 나는 그때 그것이 그냥 시적 멀미라고만 생각하고 좀 더 집중하라고 어설픈 조언을 하곤 했다. 그리고 몇 달이 흘러 그녀는 홀연히 가 버렸다. 그때 조금이라도 기미를 알았다면 좋았을 텐데……. 나는 운이 없는 놈이었다.

> 그날 까마귀는 목구멍 깊숙이 울고 한 번 더 울었다 밤을 까맣게 앉아서 새운 돌탑 그 웅그린 색과 캭 뱉는 막막함이 길몽과 흉몽이겠다 이승과 저승 사이에 있는 새까만 새
>
> —「돌탑」 부분

> 새 한 마리 누워 있다 (…중략…) 개미 떼에게 뜯긴 흰 가슴 털 사이로 가지런한 두 발이 보인다 분홍색이다 곧 무너질 색이다
>
> —「새」 부분

> 그사이 내가 내통한 곳 많다 살림살이 빼곡하다 엑스레이 속 일가의 뼈 무리가 하얗게 드러난다.
>
> —「흑풍」 부분

그녀의 시집은 불성(佛性)으로 가득하다. 불성은 돌봄과 돌아봄으로 둘레 치는 생명이다. 종교적 귀의를 벗어나 이

야기한다고 하더라도 그녀가 돌보려 했던 언어들은 세상의 작은 생명들의 미미한 흔적들이다. 자신에게서 상처가 되어 아물지 못했던 기미들을 그녀는 함부로 시로 데려오려고 하지 않았다. 자신은 나이가 들수록 낡고 오래되고 점점 머무르는 것들에게 눈이 가지만 불성에서 익힌 집착을 버리기 위해 늘 찰나의 덧없음과 돌아오는 헛것들로부터 마음을 비우고자 한다고 했다. 그것이 다행히 시가 되어 주면 참 고맙겠다고 말하곤 했다. 그것은 수많은 불자적 태도와는 다른 것이었다. 헛것은 때로 시가 되기도 하지만 시가 헛것을 가지고 우리 곁에 머무를 순 없기 때문이다. 이 시인의 시집에서 태동되는 생명과 연민의 순환은 아마도 그런 것들에게 피워 올리는 시인의 향 같은 것일 것이다. 문학적인 분석으로 이 시집의 결들을 논하자면 많은 겉돎이 필요할 것이다. 지금의 내게 그건 헛것으로 보이니 나는 단념한다. 포기하는 것이 아니라 물러나는 것이다. 좋은 시는 늘 대상으로부터 조금 물러나 있다. 둘레만 가지고도 당신은 많은 말을 하고 있기 때문이다. 불성은 생명 자체가 아니라 둘레다. 어떤 아름다운 은하도 우리를 돌보고 있지 않다면, 우주적인 사랑을 실행하고 있다고 보기 어렵기 때문이다. 시인은 늘 조용히 합장을 하며 먼저 나를 배웅하곤 했다. 고백하자면 나는 그녀의 등을 한 번도 보지 못했다. 이처럼 금방 날아가 버릴 것을 알았다면, 한 번쯤 고개를 돌려 보아 줄 것을, 이 졸우한 원고는 백지를 한 장 펴놓고 연필로 내가 기억하는 시인의 미소를 한번 그려 본 것에 다름 아니다. 내 미련

함은 아직 이 마른 땅에 남아 있다. 조금씩 금이 가며 이 시
인을 그리워할 것이다.

 오늘 당신의 꿈은 황제나비가 날아가는 북미 쪽에 가깝
다. (…중략…) 저 깐깐한 검은 밀약들, 수천 개의 비손이 손
바닥을 펴고 날아오른다
                           ―「자귀나무―금강선원」 부분